Annis Liebesbrief wird im originalen Wortlaut wiedergegeben. Er war Anregung und Ausgangspunkt für die frei erfundene Handlung in dieser Geschichte. Ähnlichkeiten mit realen Personen sind rein zufällig. Der Berliner Hintergrund basiert auf Kindheitserinnerungen.

Verlag und Druck:
Tredition GmbH, Halenreie 40-44
22359 Hamburg, Deutschland
ISBN Hardcover: 978-3-7482-5739-4
ISBN Paperback: 978-3-7482-5738-7
ISBN e-Book: 978-3-7482-5740-0

Gudrun Bernhagen

Annis
Liebesbrief

Es ist kalt. Es ist immer kalt, wenn man an einem Grab steht. Anni friert. Sie schließt ihre Jacke, verschränkt die Arme vor der Brust, in der Hoffnung, mehr Wärme zu spüren, und schaut auf das Grab. Der Krieg, der nun schon über ein Jahr vorbei ist, hat ihr ihren Mann genommen. Und als endlich Frieden war, wollte ihr fast erwachsener Sohn nicht mehr im zerstörten Berlin bleiben. Die Trostlosigkeit zwischen den Ruinen und die Verzweiflung der Menschen konnte er nicht ertragen. Er ging fort, trotz der Bedenken seiner Mutter, um sein Glück irgendwo in der weiten Welt zu finden, und hat sich seit seinem Fortgehen nie wieder gemeldet. Nun ist sie ganz allein. Sie hat niemanden mehr. Ihre Eltern sind schon lange tot. Und mit ihrem Bruder, der in Treptow wohnt, hat sie lange keinen Kontakt mehr gehabt. Sie weiß gar nicht, ob er überhaupt noch lebt. Wie soll das Leben für sie so allein weitergehen?

Auf jeden Fall ist sie froh, eine Arbeit gefunden zu haben. Von irgendetwas muss sie schließlich leben. Außerdem hat sie dort wenigstens die Arbeitskollegen zum Reden. Aber das sind eben Kollegen, keine Familie und keine Freunde, mit denen sie über ihre Gedanken und Gefühle sprechen könnte. Sie arbeitet nun schon seit fast einem Jahr als Kellnerin in einer Berliner Eckkneipe. In diesem Milieu war es nicht schwer, eine Arbeit zu finden. Fast an jeder Ecke öffneten schnell wieder die Kneipen. Gesoffen wurde immer. Und hier, Tieckstraße/Ecke Borsigstraße, gab es mal vier davon. Jetzt sind es nur noch drei, da ein Eckhaus total zerstört wurde.

Muncke, der Wirt, ist zwar nett, aber eben kein Freund, dem sie sich anvertrauen würde. Und Georg und Günter, die anderen Kellner, interessieren sich mehr für Geld und Alkohol. In den abendlichen Spitzenzeiten, besonders sonnabends, bedienen sie oft zu dritt. Da bleibt weder die Zeit, noch gibt es das Bedürfnis, über private Dinge zu sprechen.

Obwohl sie froh ist, in der Kneipe ihr eigenes Geld verdienen zu können, mag sie diese Arbeit nicht. Zu viel Lärm, zu viel Rauch, und die Gäste, vorwiegend Männer, sind nicht immer freundlich zu ihr. Dennoch bekommt sie von einigen hin und wieder ein wenig Trinkgeld zugesteckt und bei gutem Umsatz auch mal von ihrem Chef einen zusätzlichen Schein. Dadurch hat Anni keine Probleme, die Miete für ihre kleine Hinterhauswohnung, mit Außenklo auf halber Treppe, in der Linienstraße zu bezahlen.

Das zusätzliche Geld kommt ihr gerade recht, denn sie braucht es für Kohlen. Der Winter steht vor der Tür. Ob der Kohlenfritze die Kohlen in die Wohnung hochtragen wird? Im letzten Winter hatte sie keine Kohlen. Es gab keine.

Wahrscheinlich hätte sie sie sowieso nicht bezahlen können. Es blieb ihr nur die Möglichkeit, Holz zum Heizen zu sammeln. Richtig warm wurde es dennoch in ihrer Stube nie. Es reichte, um nicht zu erfrieren. Dieses Jahr möchte sie sich Kohlen gönnen, wenn das Geld dafür reichen sollte.

Die Tage, Wochen und Monate gehen vorüber. Ihr Leben spielt sich zwischen ihrem Zuhause, der Kneipe und dem Friedhof in der Bergstraße ab. Bei schönem Wetter setzt sie sich schon mal zum athletischen „Pfennigzähler", einer Skulptur auf dem an der Invalidenstraße gelegenen Pappelplatz. Oder sie schlendert zum Sophienpark in der Bergstraße, um den Kindern auf dem dortigen Spielplatz zuzusehen. Vormittags erledigt sie ihre Einkäufe und, je nachdem welchen Dienst sie hat, ist sie schon mittags, erst nachmittags oder abends in der Kneipe. Es ist ein sehr eintöniges und vor allem einsames Leben. Und es ist gerade diese

Einsamkeit, die sie nur schwer ertragen kann.

Eines Tages, Anni ist gerade mit dem Spülen von Gläsern beschäftigt, betritt ein jüngerer Mann die Kneipe. Er schaut sich kurz um und für einen winzigen Moment treffen sich ihre Blicke. Der neue Gast sucht sich einen freien Platz, setzt sich, stellt eine Zither auf den Tisch und fängt zu spielen an. Einfach nur zu spielen, ohne dazu zu singen. Es wird sofort kurzzeitig ruhig in der Kneipe. Die rauen Kerle stellen doch tatsächlich ihre Biergläser ab und lauschen der Melodie von „Still wie die Nacht und tief wie das Meer soll deine Liebe sein". Danach wird es wieder lauter, dennoch lässt der Zitherspieler noch andere Weisen im Laufe des Abends erklingen.

Was für eine Wohltat für die Ohren! Anni ist begeistert. Selbst Muncke ist angenehm überrascht davon, dass sich mal einer dieser Straßenmusikanten in seine Kneipe verirrt hat, und stellt dem neuen Gast höchstpersönlich ein großes Glas Bier auf den Tisch: „Geht aufs Haus!" Dieser nickt mit dem Kopf und lächelt dem Wirt dankbar zu. Ein Lächeln, das Anni förmlich anzieht, sodass ihre Blicke während der Arbeit oft zu diesem Mann wandern.

Wenn die Gespräche auch wieder lauter werden, so dringt doch das Zitherspiel bis in Annis Ohren. „Wer das Scheiden hat erfunden, hat an Liebe nicht gedacht ..." Leise singt sie den Text in Gedanken mit. Beim Klang der sauberen Töne und der gängigen Melodien empfindet sie Freude, aber auch Wehmut macht sich breit. Erinnert sie doch die Musik an alte Zeiten, wo ihr Mann auf seinem Banjo der Familie Lieder vorspielte. Wie gerne hatte sie dazu gesungen und getanzt! Und wie glücklich waren sie miteinander! Würde sie jemals wieder so glücklich sein?

Begeistert von der Musik, merkt Anni an diesem Abend gar nicht, wie schnell die Zeit vergangen ist. Erst als die ersten Gäste zum Kneipenschluss gehen, schaut sie auf die Uhr. Beim Hinausgehen legen einige Gäste dem Musiker ein paar Groschen als Dankeschön auf den Tisch, manche sogar einen Fuffziger. „Das ist viel Geld", denkt Anni. Wenn der Leierkastenmann auf dem Hof spielt, wirft sie ihm auch Geld hinunter. Aber meistens nur einen Sechser, mehr traut sie sich höchst selten. Sie schaut dann aus dem Fenster, hört den Liedern zu und erfreut sich an den Kindern, die das heruntergeworfene Geld aufheben und dafür auch mal an der Kurbel des Leierkastens drehen dürfen.

Anni mag Musik, weil sie in ihr Gefühle weckt. Freude oder auch Trauer, je nachdem, woran sie das Lied erinnert. Sie selbst kann leider kein Instrument spielen. Ihre Eltern hatten kein

Geld dafür, geschweige denn für einen Musiklehrer. Das Musizieren war auch, bis auf das Singen, in den Familien ihrer Eltern nicht verbreitet.

Im Gegensatz dazu waren die Eltern ihres Mannes sehr daran interessiert, dass jedes Kind ein Instrument spielen konnte. Und so lernte er Banjo spielen. Sein Instrument hat den Krieg überlebt und sie hat es wiederholt in die Hand genommen, es aber schnell ehrfurchtsvoll wieder weggelegt. Viel zu oft noch entweichen ihren Augen die Tränen der Trauer. Erinnert es sie doch an glückliche Zeiten, an ihren Sohn, dessen kleine Hände in jungen Jahren die Saiten, dem Vater nachahmend, tollpatschig anschlugen. Schade, dass er sich nicht wirklich für das Banjo interessiert hat. Es hätte ihn auf seiner Reise durch die Welt sicherlich ein guter Begleiter sein können.

Jetzt hängt das Banjo immer noch bei ihr zuhause an der Wand und erinnert sie täglich an ihre Lieben. Sie hatte schon überlegt, es vielleicht zu verkaufen, konnte sich aber doch nicht dazu entschließen, denn das wäre ihr wie ein Verrat an ihrem Mann vorgekommen. Schließlich ist es fast die einzige Erinnerung an ihn. Eine Erinnerung, die wiederholt Tränen fließen lässt. Tränen, die sie zunehmend gut ertragen kann, denn danach fühlt sie sich mitunter irgendwie besser. Es ist, als ob die Seele von ihrem Kummer reingewaschen wird.

Und wieder neigt sich ein Arbeitstag dem Ende zu. Gegen Mitternacht wird die Kneipe geschlossen. Die Gäste gehen einer nach dem anderen nach Hause, sodass Anni aufräumen kann. Die Gläser müssen gespült, die Stühle hochgestellt und der Boden gewischt werden. Ein Gast ist noch nicht gegangen. Der Mann mit der Zither. Er sagt kein Wort. Er lächelt ihr nur zu und begleitet ihr Treiben mit Musik. Sie erwidert sein Lächeln, dankbar für die ungewöhnliche Unterhaltung beim Saubermachen.

Als sie mit ihrer Arbeit fertig ist, spricht er sie endlich an: „Ich bin Fred. Aber alle nennen mich nur Freddy." Und wieder zeigt er sein unwiderstehliches Lächeln. „Sie sind Anni, wurde mir gesagt. Darf ich Sie nach Hause begleiten?" „Wenn Sie mir den ganzen Weg etwas auf der Zither vorspielen, ja!", scherzt Anni und beide lachen. Sie staunt über ihren unerwarteten Humor. Wann hatte sie das letzte Mal so unbeschwert gelacht?

Auf dem Heimweg erzählt sie ihm von ihrem Mann und ihrem Sohn, mit denen sie ihr Leben nicht mehr teilen kann. Freddy erfährt auch, dass ihre Eltern bereits verstorben sind und der Kontakt zu ihrem vielleicht noch in Treptow lebenden Bruder verloren gegangen ist. Worüber hätte sie auch sonst sprechen sollen?

Freddy hingegen spricht über seine Liebe zur Musik, über seine Musikausbildung und darüber, wie dankbar er seinem Musiklehrer sei, der ihm das Zitherspiel lehrte. In den Kriegswirren hatte ihm das Musizieren oft geholfen zu überleben. Auch jetzt hilft es ihm, seinen Lebensunterhalt zu verdienen. Seine Eltern leben auf dem Lande, weit außerhalb von Berlin. Dort kann er jedoch mit seiner Musik kein Geld verdienen, also versucht er es in dieser Stadt.

Vor ihrem Haus angekommen, verabschiedet sich Freddy höflich und geht seines Weges. Anni hat gehofft, dass er sie wiedersehen wolle, hat sich jedoch selbst nicht getraut, danach zu fragen. Und so blieb es bei diesem unterhaltsamen, nicht einsamen Nachhauseweg.

Am darauffolgenden Tag geht Anni wieder zum Dienst. In der Kneipe ist alles beim Alten. Sie bedient die Gäste, sie spült die Gläser, hin und wieder bestellt ein Kunde auch eine Bockwurst, die von ihr warm gemacht und serviert wird. Während ihrer Arbeit schaut Anni wiederholt erwartungsvoll zur Tür oder zum Tisch, an dem am Vortag Freddy gesessen und gespielt hat. Sie wünscht sich, dass er sich wieder hierher verirren würde, fragt sich aber auch: „Warum sollte er denn wiederkommen? Das gestrige Trinkgeld war bestimmt nicht so gut. Und wegen mir? Nur weil er mich nach Hause begleitet hat?"

Kurz nach Mitternacht ist sie wie immer mit dem Aufräumen fertig. Es war ein guter Arbeitstag mit einem hohen Umsatz. Muncke ist sehr zufrieden, gibt Anni ein wenig zusätzliches Geld und lobt sie für ihre Zuverlässigkeit und ordentliche Arbeit. Anni bedankt sich höflich. Und als ob es ihr den ganzen Abend anzusehen war, sagt ihr Chef beim Verabschieden noch: „Guck nicht so traurig! Er wird schon wiederkommen."

Und er hatte Recht. Als Anni die Kneipe verlässt, steht Freddy wirklich vor der Tür und erwartet sie. Die Freude darüber ist ihr deutlich anzusehen. Sofort huscht ein Lächeln über ihr Gesicht. Nach einer kurzen Begrüßung fragt er sie, ob er sie wieder nach Hause begleiten dürfe. Oh, wie glücklich sie darüber ist!

Unterwegs purzeln die Worte nur so aus ihrem Mund, so aufgeregt ist sie. Ein Gefühl, das sie schon lange nicht mehr so heftig wahrgenommen hat. Aber auch Freddy hält sich mit seinen Erzählungen nicht zurück. So erfährt Anni unter anderem, dass er heute in der Kneipe gegenüber sein Glück versucht hat. Er probiert es mal hier und mal dort, je nachdem, wo er hofft, mehr Trinkgeld zu bekommen.

Vor der Haustür angekommen, will sie ihn nicht gleich wieder gehen lassen und bei bester Laune rutscht ihr das „Du" heraus: „Möchtest du noch eine Tasse Tee trinken?" Freddy bewundert ihren Mut, lächelt verschmitzt und antwortet wie selbstverständlich: „Ja, na klar, dein Angebot nehme ich gerne an." Zum einen empfindet er ihre Nähe als angenehm und die Gespräche mit ihr als unterhaltsam und anregend, zum anderen ist er auch neugierig auf alles, was Anni betrifft.

Beim Hochgehen zeigt sie ihm die Toilette im Treppenhaus, die ebenso von ihren Nachbarn benutzt wird. Die Wohnung liegt eine halbe Treppe höher. Einen Korridor gibt es nicht. Hinter der Wohnungstür liegt gleich die Küche. Von dort aus geht es weiter in das einzige Zimmer, die Wohn- und Schlafstube. Ein kleines, bescheidenes Zuhause. Einfach eingerichtet, ordentlich und sauber.

Sie bleiben gleich in der Küche, wo Anni Wasser aufsetzt und zwei Tassen für den Tee auf dem Tisch bereitstellt. Freddy verzichtet darauf, sich auf den einzigen Stuhl zu setzen. Er entscheidet sich dafür, den Kohlenkasten als Sitzgelegenheit zu nutzen. „Nett hast du es hier!", stellt Freddy fest. Er fühlt sich in ihrer kleinen Welt sofort wohl, wohnt Anni im Vergleich zu seiner Wohnung doch recht „komfortabel". Sie freut sich ihrerseits über seine Worte. Und obwohl sie dankbar dafür ist, dass sie im Seitenflügel diese kleine Wohnung beziehen konnte, beklagt sie dennoch die Einfachheit der Möbel und die Einsamkeit in diesen vier Wänden.

Während sie sich unterhalten, fängt das Wasser an zu kochen. Anni nimmt den Kessel vom Herd und füllt die bereitgestellten Tassen mit dem heißen Wasser auf. Sie schlägt vor, in das ein wenig gemütlichere Zimmer zu gehen. Freddy fällt dort sofort das an der Wand hängende Banjo auf. Anni bemerkt seinen Blick und erklärt ihm: „Das Banjo gehörte meinem Mann. Es ist ein sechssaitiges amerikanischer Bauart aus den 30er Jahren. Er bekam es von seinen Eltern geschenkt. Es ist fast die einzige Erinnerung an ihn. Ich selbst kann kein Instrument spielen, auch nicht das Banjo." Sie nimmt es vom Haken, reicht es Freddy zum Anschauen und warnt ihn: „Aber vorsichtig! Der Metallring, der das Fell spannt, ist an einer Stelle nicht mehr fest." Er nimmt das Banjo freudestrahlend in die Hand und spielt auch gleich, wenn auch etwas ungeschickt, eine leise Weise. „Du kannst auch Banjo spielen!", stellt Anni erstaunt fest. Bei den Klängen wird ihr ganz wehmütig ums Herz: dieser Klang - fast wie in alten Zeiten! Und schon kommen ihr die Tränen. Das wollte Freddy natürlich nicht und entschuldigt sich. „Es ist nicht deine Schuld!", sagt Anni und erklärt ihm unter Tränen die hervorgerufenen Erinnerungen. Er hängt das Banjo wieder an seinen Platz zurück und nimmt Anni in die Arme und drückt sie, bis sie sich wieder beruhigt.

Mittlerweile ist der Tee auch schon abgekühlt. Freddy trinkt ihn in einem Zug aus und verabschiedet sich: „Es ist Zeit für mich zu gehen." Dieses Mal nimmt Anni allen Mut zusammen und fragt: „Werden wir uns wiedersehen?" „Bestimmt!", erwidert Freddy und gibt ihr zum Abschied einen Kuss auf die Stirn.

Die Tage vergehen. Anni und Freddy sehen sich nicht jeden Tag, aber doch recht regelmäßig wieder. Diese Treffen rufen zunehmend Annis Neugier auf Freddys Leben und sein Zuhause hervor, sodass sie ihn bittet, es ihr zu zeigen. Bisher hielt er dies nicht für nötig, da er seine Wohnung, wenn man überhaupt von einer Wohnung sprechen kann, sowieso nicht sehenswert findet. Aber na klar, Anni ist natürlich genauso neugierig, wie er es bei ihr von Anfang an war.

An einem der nächsten Tage ist es endlich soweit. Freddy führt Anni zur Brunnenstraße, wo auch er in einem Seitenflügel wohnt. Es ist auf keinen Fall so „schön" wie Annis Zuhause, aber immerhin hat er ein Dach über dem Kopf. Seine Toilette befindet sich leider nicht nur eine halbe Treppe tiefer, sondern gleich unten Parterre hinter der Hoftür. Er ist nicht der einzige Nutzer. Sie wird auch von allen anderen Bewohnern des Seitenflügels benutzt.

Sein Zuhause ist noch kleiner, eine Art Wohnküche. Alles befindet sich in einem Raum. Es ist ungemütlich, dunkel und kalt. Nur wenige Möbel gehören zur Einrichtung. Er hat nicht mal einen Stuhl, den er Anni anbieten könnte. Nun versteht sie auch, warum er sich bei ihr jedes Mal so wohl fühlt.

„Hast du das gezeichnet?", fragt Anni, als sie mehrere Bleistiftzeichnungen auf dem Tisch entdeckt. Freddy nickt. Anni bewundert ihn: „Du kannst also nicht nur sehr gut Zither spielen! Zeichnen kannst du auch. Was kannst du denn noch alles?" Freddy lächelt nur und findet nicht, dass er gut zeichnen kann. Aber er kann ja nicht den ganzen Tag Musik machen. Da überkommt ihn ab und zu auch mal die Lust zum Zeichnen.

Weitere Tage vergehen. Anni und Freddy gehen, wie schon so oft, zusammen spazieren und erledigen gemeinsam die Einkäufe. Dabei kommen sie auch immer wieder auf seine und ihre Familie zu sprechen. Irgendwann hat Anni den Wunsch, seine Eltern kennenzulernen. Sie schlägt ihm auch vor, den Kontakt zu ihrem Bruder wieder aufzunehmen und ihn zu besuchen. Mit beiden Vorschlägen ist Freddy, der sich jetzt sowieso tagsüber öfter bei Anni als bei sich zuhause aufhält, einverstanden.

Zuhause kochen sie gemeinsam oder Anni kocht allein, während Freddy malt oder auf der Zither spielt. Das Banjo hat er nicht mehr in die Hand genommen. Fürchtete er doch, ihre Gefühle wieder zu verletzen. Außerdem will er nicht, dass sich der Metallring womöglich noch weiter löst. Es wäre schade um das Instrument. Eigentlich müsste es dringend repariert werden. Aber wo sollte man jetzt einen Instrumentenbauer finden? Ganz zu schweigen von dem Geld, mit dem weder Anni noch er die Reparatur bezahlen könnten.

Inzwischen kennen sich die beiden schon einen Monat und sie beschließen, den Tag zu feiern. Anni hat bei ihrem Chef um einen freien Tag gebeten, der auch sofort einverstanden war, zumal er ihr das Glück mit Freddy gönnt. Beim Einkauf leisten sie sich eine Flasche Wein. Ein halbes Vermögen müssen sie dafür ausgeben. Dafür wird es auch ein schöner Abend. Sie sprechen über Gott und die Welt und zwischendurch spielt Freddy immer wieder auf seiner Zither. Der Abend scheint nicht enden zu wollen. Anni fürchtet jeden Moment, dass Freddy, wie jeden Abend, wieder gehen würde. Aber er bleibt. Irgendwann lässt er das Musizieren sein. Anni denkt schon, dass jetzt doch der Moment des Abschieds kommen würde. Aber Nein! Freddy nimmt Anni in die Arme. Zögerlich, denn er weiß nicht, wie viel Nähe sie zulässt. Anni jedoch versinkt in seinen Armen und schmiegt sich an ihn. „Meine kleine liebe Anni!", sagt er zu ihr und summt leise die Melodie von „Still wie die Nacht und tief wie das Meer soll deine Liebe sein". Eng aneinander geschmiegt tanzen sie mehrere Minuten im Rhythmus des Liedes. Schließlich blickt sie zu ihm auf und lächelt ihn an. „Meine kleine liebe Anni!", sagt er noch einmal, nähert sich langsam ihrem Mund und küsst sie. Ganz vorsichtig, bis Anni diesen Kuss erwidert. Lange küssen sie sich, bis Freddy sie auf beiden Armen langsam zum Bett trägt. Anni ist aufgeregt, hat sie doch seit einigen Jahren mit keinem Mann mehr geschlafen. Umso mehr genießt sie jeden Kuss, jede Bewegung, jede Zärtlichkeit, die Wärme seines Körpers und … sich selbst wieder zu spüren. Eine wunderbare Nacht! Seite an Seite gekuschelt, schlafen sie irgendwann zusammen ein.

Freddy verbringt jetzt nicht jede, aber hin und wieder auch die Nacht bei Anni. Er hat mittlerweile auch einen Schlüssel zur Wohnung und ist oft schon vor ihr da. Gerade jetzt, wo es kälter wird, ist das sehr angenehm. Er heizt dann schon, damit es warm ist, wenn sie nach Hause kommt. Die Kohlen muss er allerdings aus dem Keller holen, der Kohlenfritze wollte sie keine drei Etagen hoch tragen, was auch besser war, denn sonst würden sie in der Küche unnötig Platz wegnehmen. So füllt Freddy immer nur den kleinen Kohlenkasten auf. Nach dem Heizen macht er sich wieder auf den Weg. Entweder spielt er noch in irgendeinem Lokal, um ein wenig Geld zu verdienen, oder er holt Anni direkt von der Arbeit ab.

Als er das erste Mal in Annis Kohlenkeller war, ist ihm ein altes Fahrrad aufgefallen, das durchaus noch funktionstüchtig aussah. Das Vorderrad war platt. Der Mantel war hinüber und der Schlauch wahrscheinlich auch. Da er in seinem Keller ebenfalls ein altes Fahrrad hat, von dem aber der Rahmen gebrochen war, bietet er Anni später davon Ersatzteile für ihr Rad an. Sie könne einen Schlauch und einen Fahrradmantel bekommen. Dann wäre ihr Rad wieder fahrtüchtig. Anni, die das Fahrrad schon längst dem Schrottsammler geben wollte, will über sein Angebot nachdenken. Jetzt wäre es erst einmal nicht so wichtig, da sie im Winter sowieso nicht fahren würde.

In all diesen Tagen mit Freddy ist Anni sehr glücklich. Sie kann sich gut vorstellen, für immer mit ihm zusammen zu bleiben, mit ihm ein gemeinsames Leben zu führen, endlich nicht mehr allein zu sein. Er ist ja sowieso öfter bei ihr als bei sich zuhause. Nach und nach haben sich auch seine Sachen in ihrer Wohnung angesammelt. Da Freddy bisher über die Zukunft ihrer Beziehung keinerlei Worte fallen ließ, nimmt Anni wieder all ihren Mut zusammen und schlägt ihm vor, seine Wohnung aufzugeben und zu ihr zu ziehen. Freddy seinerseits hört sich den Vorschlag an, kann jedoch ihre Euphorie nicht so, wie von ihr erwartet, erwidern. Er findet weder passende Worte für eine Zusage noch für eine Ablehnung. Einerseits fühlt er sich von ihrem Vorschlag überrumpelt, andererseits will er ihr auch mit ablehnenden Worten nicht wehtun.

Und so gestaltet sich der restliche Abend leider nicht so harmonisch wie die vorangegangenen. Anni ist schon traurig, dass er ihr Angebot nicht gleich mit Begeisterung aufgenommen hat. Ihn hingegen plagen ganz andere Gedanken. Wie soll er Verantwortung für eine Frau übernehmen? Vielleicht noch Kinder bekommen? Wie soll er eine Frau, geschweige denn eine Familie ernähren, wo er doch gerade mal selbst so über die Runden kommt? Leider schafft er es nicht, mit Anni über seine Bedenken zu reden. Er fürchtet zu sehr, als Versager dazustehen.

Für beide wird es eine unruhige Nacht. Anni schläft erst in den Morgenstunden tief ein und bekommt so nicht mit, dass Freddy bereits sehr früh aufsteht, sich anzieht und, ohne zu frühstücken, die Wohnung verlässt, jedoch nicht ohne seine Zither mitzunehmen.

Als Anni irgendwann in den frühen Vormittagsstunden wach wird, merkt sie sofort, dass etwas nicht stimmt. Freddy ist nicht mehr da. Die Zither ist weg. Einige andere Dinge ebenso. Sie ahnt, was das bedeuten könnte und schon gehen ihr sorgenvoll lauter Fragen durch den Kopf: „Soll das heißen, dass er mich nicht mehr sehen will? Hat er beschlossen, nicht mehr wiederzukommen? Habe ich ihn am Vorabend mit meinem Vorschlag so verletzt? Habe ich zu viel gewollt? Soll alles vorbei sein, wo es doch gerade erst so schön angefangen hat? Vielleicht gibt es aber auch eine ganz harmlose Erklärung?" Anni versucht sich zu beruhigen. Noch hat er ihren Wohnungsschlüssel. Das könnte heißen, dass er sie noch nicht aufgegeben hat. Für sie ist jedenfalls klar: Sie wird ihm nicht hinterherlaufen. Dafür ist sie zu stolz.

Am Nachmittag geht sie voller Selbstzweifel zur Arbeit. Sie verrichtet ihre Aufgaben unkonzentriert und kann den Feierabend kaum abwarten, hegt sie doch die Hoffnung, dass Freddy sie wieder abholen wird. Auch Muncke merkt, dass irgendetwas mit ihr nicht stimmt, wo sie doch in den letzten Wochen einen total verliebten und zufriedenen Eindruck machte. Aber er wagt es auch nicht, sie daraufhin anzusprechen. Nachdem sie die Kneipe nach Dienstschluss zögerlich verlassen hat, schaut sie sich vorsichtig nach allen Seiten um. Freddy ist nirgends zu sehen. Unzufriedenheit und Traurigkeit ergreifen von ihr Besitz und sie fragt sich: „Was kann ich bloß tun? Ob ihm vielleicht etwas passiert ist? Oder will er mich wirklich nicht mehr wiedersehen?"

Nach einer Woche voller Fragen, Verzweiflung und schlafloser Nächte beschließt sie, ihn noch einmal zu sehen. Unter dem Vorwand, nun doch sein Angebot für den Fahrradschlauch und die Fahrraddecke anzunehmen, wagt sie den Weg zu ihm nach Hause. Der von ihr gewählte Zeitpunkt ist günstig, denn Freddy ist tatsächlich zu Hause und öffnet die Tür, kaum dass sie an die Wohnungstür geklopft hat. Für Sekunden stehen sich beide sprachlos gegenüber. Aufgeregt trägt sie ihr Anliegen vor. Er ist auch gleich bereit, ihrem Wunsch nachzukommen. Gemeinsam gehen sie in den Keller und wechseln belanglose Worte. Keiner wagt es, die Trennung und die damit verbundenen Umstände anzusprechen. Schließlich bedankt sie sich für seine Hilfe und will schon wieder gehen. Trotz seines schlechten Gewissens will Freddy sie jedoch noch aufhalten, nicht gleich wieder weglassen. Er nimmt sie in die Arme und hält sie fest, ohne ein Wort zu sagen. Er denkt noch darüber nach, ob er sich für sein Verhalten entschuldigen solle und ob sie ihm verzeihen könne. Doch, nachdem sie für einen Moment seine Nähe genossen hat, löst sie sich bereits von ihm und verlässt ihn ohne ein weiteres Wort.

Auch in der folgenden Woche holt Freddy trotz dieses Wiedersehens Anni kein einziges Mal von der Arbeit ab. In der Wohnung muss er aber gewesen sein, denn er hat einige seiner persönlichen Sachen wieder mitgenommen. Er hätte doch wenigstens mal einen Zettel hinlegen können. Aber nein, nichts! Ist er vielleicht krank? Oder hat er irgendwelchen Ärger und muss sich sogar verstecken? Ihre Verzweiflung wächst von Tag zu Tag. Zunehmend fühlt sie sich erneut einsam und verlassen, sodass ihr das Leben wieder als sinnlos erscheint. Freddy war nur eine kurze Unterbrechung, ein Hoffnungsstrahl, der jetzt irgendwo im Jenseits spurlos verschwindet.

Noch hofft sie aber, dass Freddy doch noch zu ihr zurückkommt, schließlich sind sie für Sonnabend mit ihrem Bruder verabredet.

Doch auch am Sonnabend merkt Anni sehr schnell, dass dieser Besuch nicht stattfinden wird. Sie ist sehr traurig und gibt die Hoffnung auf ein Leben an seiner Seite schließlich auf. Um die Trennung endgültig zu machen, beschließt sie, ihm einen Abschiedsbrief zu schreiben. Sie nimmt ein Blatt Papier und einen Bleistift zur Hand, setzt sich an den Tisch und beginnt unter Tränen zu schreiben:

17.11.46   _Mein Liebling_

Verzeihe mir bitte, dass ich dich noch einmal so nenne, denn es ist ja, auch zum letzten Mal, denn ich habe beschlossen, dich nur noch ein einziges Mal zu sehen und dann still für immer Abschied von dir zu nehmen. Sei mir deshalb bitte nicht böse, dass ich unter diesem Vorwand Schlauch und Fahrraddecke abzuholen, nach deiner Wohnung gekommen bin. Ich wollte nur noch ein einziges Mal in deine lieben Augen zu schauen und dann still für immer aus deinem Leben zu gehen. So lebe recht wohl, habe Dank für jede schöne Stunde, die du immer bei mir warst und nochmals Dank für die schönen Musik-stunden, die du mir immer geschenkt hast.

Ich war die Zeit, in der du kamst, sehr glücklich und weiß auch, da du nicht mehr kommst, dass ich daran zu-grunde gehe, denn ich bin ein Mensch, an dem das Glück immer wieder vorbei-gegangen ist.

Ich hätte dich sehr glücklich gemacht. Warum hattest du nicht den Mut und hättest mir gesagt: „Ich komme nicht mehr." Du hättest mir so viele Tränen und traurige Stunden erspart.

Es sind nun fast 2 Wochen, dass du nicht gekommen bist, auch keine Zeile geschrieben hast. Ich hatte so große Sorgen, dass dich die Russen mitgenommen haben oder dass du krank bist.

Da wir diesen Sonnabend zu meinem Bruder nach Treptow fahren wollten und du wieder nicht gekommen bist, musste ich schließlich einsehen, dass der Traum vom Glück ausgeträumt ist.

Geahnt habe ich es schon lange, seit der Stunde, da du die Zither mitgenommen hast und nach und nach die anderen Sachen, wusste ich, es ist alles zu Ende.

Ich wünsche dir von ganzem Herzen, dass du es nie bereuen wirst. Und ich wünsche dir noch alles Gute und alles Glück an deiner Seite, mögst du noch recht glücklich werden!

Ich habe noch eine kleine Bitte, ehe ich aus deinem Leben gehe. Nenne mich in Gedanken noch einmal meine kleine liebe Anni, wie gerne habe ich das von dir gehört und nun wird niemand mehr so zu mir sagen, denn ich habe beschlossen, Abschied für immer auch vom Leben zu nehmen, denn wenn ich an Weihnachten denke und alle glücklich zusammen sind und ich so alleine von allen verlassen bin, der Mann ist tot, der Sohn fort und dich und deine liebe Zither nicht mehr höre, nein, ich will nicht mehr.

Ich fahre Totensonntag zu meines Mannes Grab. Ich habe noch Tabletten, die reichen dafür um alles Leid zu vergessen.

Ich bitte dich, hole noch deinen Koffer und den Tabak ab. Solltest du nicht mehr kommen, gebe ich die Sachen bei Georg ab. Was ich tun werde, davon weiß niemand etwas, nur du. Bitte verzeihe mir, ich kann nicht anders.

Noch einmal möchte ich das schöne Lied hören:

Still wie die Nacht und tief wie das Meer soll deine Liebe sein
oder
Wer das Scheiden hat erfunden, hat an Liebe nicht gedacht
oder
Verlassenes Glück, wie lieb hab ich dich mein Leben

Alles aus, alles vorbei. Nun lebe wohl und nochmal alles Gute. Es grüßt dich ein letztes Mal deine liebe kleine Anni.

Lieben und geliebt zu werden ist das höchste Glück auf Erden.

Lieben und nicht beisammen sein ist härter noch als Marmorstein.

Anbei deine Bilder zurück.

Bitte den Brief sofort vernichten.

Sie liest den Brief noch einmal, faltet ihn zusammen, steckt ihn in einen Umschlag, legt seine Bilder dazu und schreibt nur „Für Freddy" darauf. Zu einem Zeitpunkt, wo sie sich sicher ist, dass er nicht zu Hause sei, geht sie zu ihm. Oben an der Wohnungstür angekommen, legt sie das Ohr an die Tür. Es ist ruhig. Freddy ist nicht da. Irgendwie hat sie dennoch gehofft, ihm vielleicht doch noch durch Zufall zu begegnen. Da dies nicht der Fall ist, sieht sie es als Zeichen für das endgültige Aus. Und so steckt sie das Kuvert durch den Briefschlitz und verschwindet schnell wieder.

Als Freddy am gleichen Tag nach Hause kommt und seine Tür öffnet, fällt sein Blick gleich auf den auf dem Fußboden liegenden Brief. Er ist erstaunt. Wer sollte ihm denn einen Brief geschrieben haben? Er hat eine Vorahnung. Es könnte seine kleine liebe Anni gewesen sein. Auf dem Umschlag steht kein Absender. Nur sein Name. Voller Erwartung setzt er sich auf sein Bett, öffnet schnell den Brief und weiß schon durch die Anrede, von wem der Brief nur sein kann. Von seiner kleinen lieben Anni, denn wer würde ihn sonst mit „Mein Liebling" anreden!

Beim Lesen durchläuft er ein Wechselbad der Gefühle. Mal hochjubelnd, weil Anni von ihrer großen Liebe zu ihm spricht, mal traurig, weil er sie so enttäuscht hat, obwohl er sie ja auch liebt. Entsetzt ist er allerdings, als er von ihren verzweifelten Plänen liest: „... und dann still für immer aus deinem Leben ... gehen." Sie will nicht mehr und hat beschlossen, mit Tabletten noch vor Weihnachten Abschied für immer vom Leben zu nehmen. Nein! So weit darf er es nicht kommen lassen, denn eigentlich, in seinem tiefsten Innern, weiß er, dass er zu Anni gehört und sie nicht verlieren will. Aber mit ihr zusammen in einer Wohnung zu leben, das wäre doch ein zu großer Schritt für ihn in seiner jetzigen unsicheren wirtschaftlichen Lage. Warum hätte es denn nicht wie bisher so weitergehen können, bis er eine richtige feste Arbeit mit einem regelmäßigen Lohn gefunden hätte!

Er liest den Brief noch einmal und noch einmal. Im letzten Satz stößt er jedes Mal auf Annis Forderung, den Brief zu vernichten. Aber warum? Sollte er ihn wirklich vernichten? Nein, das kann und will er nicht. Breitet doch Anni ihre gesamte Gefühlswelt vor ihm aus. Noch nie in seinem Leben hat er einen so liebevollen und doch schmerzlichen Brief erhalten. Was soll er jetzt machen? Was erwartet sie von ihm? Was sagt ihm sein Herz?

Fragen über Fragen, die ihn einfach nicht mehr zur Ruhe kommen lassen. Fragen, die ihm schlaflose Nächte bereiten. Was hat er getan? Er fühlt sich schuldig. Es war sicherlich falsch, nach den gemeinsamen Wochen einfach so ohne ein Wort zu gehen. Hätte er ihr doch seine Ängste erklärt! Er ist auch nicht zurückgekehrt, um sein Verhalten zu rechtfertigen. Dabei wäre es nicht schwer gewesen, sie von der Arbeit abzuholen und nach Hause zu begleiten. Wäre …! Hätte …! Das alles hilft ihm jetzt nicht weiter.

Der Totensonntag! Es klingt wie ein Ultimatum! Er muss die Sache klären. Er will nicht, dass Anni sich umbringt und aus seinem Leben scheidet.

Den Brief faltet er sorgfältig zusammen und steckt ihn nachdenklich in seine Brusttasche. So trägt er ihn immer am Herzen und kann ihn jederzeit wiederholt lesen.

Die wenigen Tage bis zum Totensonntag vergehen schnell. Manchmal steht er abends vor dem Fenster von Munckes Kneipe und beobachtet Anni, findet jedoch nicht den Mut, bis zu ihrem Dienstschluss zu warten.

Es bleibt ihm nur noch der Totensonntag selbst, um mit Anni wieder ins Reine zu kommen. Da er nicht weiß, wann Anni an diesem Tag den Friedhof aufsuchen wird, begibt er sich schon sehr früh dorthin und hält sich in der Nähe der Grabstätte ihres Mannes auf. Er hofft, dass sie auch wirklich kommt. Einen Plan, was er machen wird, wenn sie kommen sollte, hat er jedoch nicht.

Freddy muss nicht lange warten, denn schon bald kommt Anni wirklich. Er ist erleichtert und erfreut bei ihrem Anblick. Das mitgebrachte Tannengrün legt sie sorgfältig und liebevoll auf das Grab. Nachdem sie alles bedeckt hat, steht sie einfach nur davor und verliert sich in ihren Gedanken: „Wie nimmt man Abschied von einem Toten, dem man vielleicht bald im Himmel begegnen wird?", fragt sie sich. Sie friert. Wie immer, wenn sie auf dem Friedhof ist.

Freddy nutzt diesen Zeitpunkt, stellt sich neben sie und nimmt ihre

Hand. Im ersten Moment bekommt Anni einen Schreck, zieht die Hand jedoch nicht weg, als sie Freddy sieht. Und wieder einmal wird sie von ihren Gefühlen überwältigt und bricht in Tränen aus. Bis eben war für sie alles noch so klar und nun kommt Freddy, ihr geliebter Freddy, und nimmt sie wie vor nicht allzu langer Zeit an die Hand. Er belässt es nicht bei der Hand, sondern nimmt sie in gewohnter Weise wieder in die Arme, bis sie sich beruhigt hat. Keiner von beiden sagt ein Wort. Wer soll jetzt auch was sagen?

Nach einigen Minuten bricht Freddy den Bann, schaut ihr ins Gesicht und fragt sie vorsichtig mit seinem charmanten Lächeln: „Meine kleine liebe Anni, brauchst du zufällig jemanden, der dein Fahrrad repariert?" „Oh, Freddy, lass mich bitte nie wieder allein!", kann sie nur erwidern. Dieses Mal ist sie es, die ihn um den Hals fällt und am liebsten nicht mehr loslassen würde.

Freddy begleitet sie zur Arbeit. Viel Zeit haben die beiden auf dem Weg dorthin nicht. Keiner wagt es, den Brief anzusprechen. Allerdings bringt Freddy den Mut auf und erklärt ihr seine Sorgen. Anni hört ihm aufmerksam zu, kann jedoch seine Bedenken nicht wirklich teilen. Sie verdient doch schließlich auch Geld. Und zusammen würden sie schon über die Runden kommen, zumal ja auch eine Miete wegfallen würde.

Und so kommt es, dass Freddy noch vor Weihnachten seine Wohnung aufgibt und für immer zu seiner kleinen lieben Anni zieht. Bis zum Fest vergehen die Tage sehr schnell. Mit wenigen Mitteln schmückt Anni ihr gemeinsames Zuhause weihnachtlich aus. Ein Festessen gibt es zu Weihnachten jedoch nicht, aber sie leisten sich zur Feier wieder eine Flasche Wein.

Anni ist so glücklich! Nun muss sie Weihnachten nicht alleine sein und kann das Fest sogar zusammen mit Freddy feiern. Wie schon so oft spielt er auf seiner Zither, zum Anlass passend Weihnachtslieder, aber auch Annis Lieblingslieder. Sie singt dazu oder sie tanzen gemeinsam singend durch die Stube. Anni bietet ihm sogar an, auf dem Banjo zu spielen. Seine Zither sei ihm jedoch lieber, sodass er das Angebot ablehnt, weiß er doch etwas, was sie nicht weiß.

Für ihn ist das Banjo ein Geheimnisträger. Wohin sollte er mit Annis Brief, von dem sie glaubt, dass er nicht mehr existiert? Er musste ein Versteck finden, wo Anni ihn auf keinen Fall finden würde, denn sie sollte ja nicht erfahren, dass er ihren Wunsch, ihn zu vernichten, nicht erfüllt hatte. Seine Brieftasche war auf die Dauer kein geeigneter Ort. Und bei der Suche nach einem passenden Versteck blieb sein Blick am Banjo hängen. Wenn er den Brief sehr klein zusammenfalten würde, könnte er ihn an der losen Stelle des Metallrings unters Fell schieben. Da würde Anni ihn nie finden. Und er selbst kann ihn, wenn ihm danach ist, jederzeit herausholen und lesen. Gedacht! Getan!

Wer weiß, wann und ob dieses Geheimnis je gelüftet wird?

Nachtrag:

Entdeckt wurde Annis Brief erst im Sommer 2018. Das Banjo wurde im Auktionshaus Mehlis GmbH in Plauen aus einer privaten Instrumentensammlung in Niedersachsen zur Versteigerung angeboten. Frau Regina Petrahn konnte es dort für den in Markneukirchen ansässigen Zahnarzt, Stefan Götze, erwerben. Da das Banjo reparaturbedürftig war, bat Herr Götze den Markneukirchener Instrumentenbauer, Albrecht Wunderlich, es zu reparieren. Bei den Reparaturarbeiten entdeckte dieser das Schriftstück, das nach über 70 Jahren noch sehr gut erhalten ist.

Beides, das Banjo und der Liebesbrief, sind als Leihgabe im Musikinstrumentenmuseum in Markneukirchen ausgestellt.

In mehreren Zeitungen und Zeitschriften wurde die Nachricht von dem ungewöhnlichen Fund veröffentlicht. Ich

las zum ersten Mal darüber in der „Ost-
thüringer Zeitung" vom 31. August
2018. Das eventuelle Schicksal der Ab-
senderin des Briefes, Anni, ließ mich
einfach nicht mehr zur Ruhe kommen.
Bei den Recherchen in unterschiedli-
chen Medien, fand ich jedes Mal andere
Fragmente aus dem Brieftext. So habe
ich versucht, einen vollständigen Brief
zusammenzusetzen. In all den Veröf-
fentlichungen war entsprechend Annis
Text immer wieder die Rede von Wehmut, Melancholie, Trauer, Einsamkeit,
Abschied und Todesgedanken, aber
auch von schönen Stunden in harmoni-
scher Zweisamkeit. Ein tragisches Ende
war für mich einfach nicht vorstellbar.
Es konnte nicht sein, dass der Empfän-
ger des Briefes dies zugelassen hat. Vielleicht hat sich für Anni das Blatt ja doch
noch gewendet.

Für mich war die grundlegende
Frage, warum der Brief im Banjo ver-
steckt wurde. Er konnte ja nur dort ver-

steckt worden sein, damit Anni ihn nicht findet. Sie sollte nicht wissen, dass der Adressat die für ihn so wichtigen Zeilen ihrer eingestandenen Liebe nicht vernichtet hatte. Das lässt den Schluss zu, dass Annis Plan, aus dem Leben zu scheiden, verhindert wurde. Es musste ein Ort gefunden werden, an dem Anni ihren Brief nicht finden würde.

Nach der Idee, Annis Geschichte fiktiv zu entwickeln, habe ich Kontakt zu dem heutigen Besitzer des Banjos aufgenommen. Er war bereit, mir eine Kopie des Originals zu überlassen, wofür ich ihm sehr dankbar bin. So habe ich auf der Grundlage dieses Briefes Annis Geschichte erarbeitet. Vielleicht hatte es sich so oder anders zugetragen. Ich bin jedenfalls von einem Happyend überzeugt.

Ich gehöre seit fast 40 Jahren zu einer ungewöhnlichen Campinggemeinschaft, die bereits auf eine 90jährige Geschichte zurückblicken kann.

Rund um die Uhr frische Luft im Wald und am See, da findet so manch einer die nötige Erholung und Genesung. Anderen wiederum steigt die Frischluftzufuhr zu Kopf und bringt sie auf dumme Gedanken.

In meinem Buch

„Frischlufttherapie"

erzähle ich überlieferte und selbst erlebte Geschichten auf unterhaltsame und humorvolle Weise.

Leseprobe:

Obdachlos

Jedes Jahr Mitte September werden auf dem Zeltplatz die Zelte abgebaut, um sie den Winter über im Trockenen einzulagern. Obwohl damit die Wachdienste beendet sind, bleiben einige Camper hin und wieder noch länger.

In einem Jahr war es Bernd, der sein Zelt am längsten allein im Wald warten ließ. Und mit dem Zelt wartete auch sein liebevoll aus Holz gebautes Toilettenhäuschen auf den Heimtransport. Mit seinen 80 x 80 cm, seinem grünen Anstrich und dem Herzchen in der Tür, war es wohl das schönste auf unserem Platz.

Das Herzchen diente als Lüftung oder als Sichtfenster und Lichtspender. Für Insekten hingegen war es eine herrliche Einflugschneise. Besonders die Hornissen, oder auch Faltenwespen genannt, entdeckten das Ein- und Ausflugsloch und die Ecke unter dem Dach für sich. Sie war der ideale Platz für ihr Eigenheim. Und da sich Bernds Familie auf ihrem Klo nicht mehr blicken ließ, bauten sie sich dort ihr Winterquartier. Es wurde ein Riesennest, mindestens so groß wie ein Fußball.

Ende Oktober war es dann endlich soweit. Zelt und Holzhäuschen sollten heimkehren. ...

Gudrun Bernhagen

Zeitfracht Medien GmbH
Ferdinand-Jühlke-Straße 7
99095 Erfurt, Deutschland
produktsicherheit@kolibri360.de